SAM
Y
LEO
CAVAN
UN
HOYO

Mac Barnett

Ilustrado por

Jon Klassen

Editorial [EJ] Juventud
Provença, 101 – 08029 Barcelona

El lunes Sam y Leo cavaron un hoyo.

—¿Cuándo vamos a dejar de cavar?

—preguntó Sam.

—Tenemos una misión —dijo Leo—. No dejaremos de cavar hasta encontrar algo espectacular.

El hoyo llegó a ser tan profundo que sus cabezas ya estaban bajo tierra.

Pero todavía no habían encontrado nada espectacular.

—Tenemos que seguir cavando —dijo Leo.

Así que siguieron cavando.

Se tomaron un descanso.

Sam bebió leche con cacao de una
cantimplora. Leo comió galletas
con forma de animales que había
envuelto en el pañuelo de su
abuelo.

—Quizá —dijo Leo—, el problema
es que cavamos hacia abajo.

—Sí —dijo Sam—, quizá este sea el
problema.

—Creo que deberíamos cavar en
otra dirección —dijo Leo.

—Sí —dijo Sam—. Es una buena
idea.

—Tengo otra idea —dijo Leo—.

Vamos a separarnos.

—¿Seguro? —dijo Sam.

—Solo por un ratito —dijo Leo—.

Así tendremos más posibilidades.

Y entonces Leo se fue hacia un lado,

y Sam hacia el otro.

Pero no encontraron nada espectacular.

—Tal vez deberíamos volver a cavar en línea recta hacia abajo —dijo Leo.

—Sí —dijo Sam—.
Es una buena idea.

Sam y Leo se quedaron sin leche con cacao.

Pero siguieron cavando.

Comieron la última galleta con forma

de animal.

Pero siguieron cavando.

Después de un rato, Sam se sentó.

—Leo —dijo— estoy cansado. Ya no

puedo cavar más.

—Yo también estoy cansado —dijo

Leo—. Tenemos que descansar.

Sam y Leo se quedaron dormidos.

Y entonces Sam y Leo cayeron.

Sam y Leo cayeron,

más,

y más abajo…

… hasta que aterrizaron sobre tierra blanda.

—Vaya —dijo Sam.

—Vaya —dijo Leo—. Esto ha sido bastante
espectacular.

Y entonces regresaron a casa para tomar leche
con cacao y galletas con forma de animales.

Para Carson Ellis
M. B.

Para St. Davids, Ontario
J. K.

Título original: Sam & Dave Dig a Hole
Texto © Mac Barnett, 2014
Ilustraciones © Jon Klassen, 2014
Publicado con el acuerdo de Walker Books Ltd, 87 Vauxhall Walk,
Londres SE11 HJ, Reino Unido

© de la traducción española:
EDITORIAL JUVENTUD, S.A.,
Provença, 101 - 08029 Barcelona
info@editorialjuventud.es
www.editorialjuventud.es
Traducción: Teresa Farran
Primera edición, 2014
ISBN 978-84-261-4091-3
DL B 10528-2014
Núm. de edición de E. J.: 12.802
Printed in China